LA LLORONA
The Weeping Woman

LA LLORONA

The Weeping Woman

*An Hispanic Legend
Told in Spanish and English
By JOE HAYES
Illustrated by VICKI TREGO HILL*

**CINCO PUNTOS PRESS
EL PASO, TEXAS**

Text Copyright © 1987 by Joe Hayes
Illustrations Copyright © 1987 by Vicki Trego Hill
SECOND EDITION
10   9   8   7   6

Text set in English Times and English Times Italics

Printed by Thomson-Shore of Dexter, Michigan

ISBN 0-938317-02-4

A companion "read-along" audio cassette of Joe Hayes telling the story of *La Llorona* in Spanish and English is also available from Cinco Puntos Press (ISBN 0-938317-04-0).

Cinco Puntos Press
2709 Louisville
El Paso, Texas 79930
1-800-566-9072

For
Kathleen Summitt,
the grand story teller
of Taos, New Mexico
in her 90th year

The Tradition of Storytelling

Under a shading cottonwood tree in summer, or huddled close to the fireplace in winter, the Hispanic children of the Southwest once listened spellbound as their parents or grandparents told stories—ancient tales that were passed down through the years by word of mouth. There were stories of enchantment to open children's eyes in amazement and humorous tales to make them laugh. And there were many tales of witchcraft and ghostly happenings to send a chill down their spines. But the stories weren't told merely to entertain the children. Storytelling was a way for older ones to pass some wisdom and understanding on to the young.

Storytelling isn't practiced so much today, and many of the old tales have been forgotten. But one old story continues to work its spell upon the people—the story of La Llorona (lah yoh-RROH-nah). It is told throughout the Southwest, and all over Mexico as well. No other story is better known or dearer to Hispanic Americans. LA LLORONA is truly the classic folk story of Hispanic America.

La Tradición de Contar Cuentos

Bajo la sombra de un álamo en verano, o arrimados al fogón en invierno, los niños hispánicos del sudoeste en tiempos pasados escuchaban encantados mientras sus padres o abuelos les contaban historias—cuentos antiguos que se pasaban de boca en boca através de los años. Había historias de encantamiento para abrirles los ojos asombrados a los niños y cuentos graciosos para hacerles reír. Había muchos relatos de brujerías y cosas espantosas para hacer que sintieran los escalofríos subir y bajar el espinazo. Pero no funcionaban las historias sólo para divertir a los niños. Contando historias los mayores les pasaban algo de conocimiento y sabiduría a los niños.

La costumbre de contar historias ya no se practica tanto y muchos de los cuentos han sido olvidados. Pero una historia sigue encantando a la gente—la de La Llorona. Esta historia se cuenta por todo el sudoeste y por todo México también. Ninguna otra historia es más conocida ni más querida por los americanos hispánicos. LA LLORONA es verdaderamente la clásica historia folklórica de la América Hispánica.

This is a story that the old ones have been telling to children for hundreds of years. It is a sad tale, but it lives strong in the memories of the people, and there are many who swear that it is true.

Ésta es una historia que los viejitos han contado a los niños desde hace muchos siglos. Es triste, pero se mantiene con fuerza en la memoria de la gente y hay muchos que juran que es la verdad.

Long years ago in a humble little village there lived a fine looking girl named María. Some say she was the most beautiful girl in the world! And because she was so beautiful, María thought she was better than everyone else.

Hace muchísimos años vivía en un pueblo humilde una bella muchacha que se llamaba María. Dicen algunos que era la muchacha más hermosa de todo el mundo. Y como era tan linda, María se creía superior a la demás gente.

As María grew older, her beauty increased.
And her pride in her beauty grew too. When she
was a young woman, she would not even look at
the young men from her village. They weren't
good enough for her!

"When I marry," María would say, "I will
marry the most handsome man in the world."

---

*A medida que María crecía, su belleza aumentaba.
Y también aumentaba su orgullo. No les echaba ni
una mirada a los jóvenes de su pueblo que la
pretendían. No eran bastante guapos para ella.*

*—Cuando yo me case— decía María—, voy a
casarme con el hombre más guapo del mundo.*

And then one day, into María's village rode a man who seemed to be just the one she had been talking about. He was a dashing young ranchero —the son of a wealthy rancher from the southern plains.

He could ride like a Comanche! In fact, if he owned a horse, and it grew tame, he would give it away and go rope a wild horse from the plains. He thought it wasn't manly to ride a horse if it wasn't half wild.

Un día llegó al pueblo de María un hombre que parecía ser el mero hombre de quien ella hablaba. Era el hijo arrogante de un ranchero rico del llano más al sur.

¡Montaba a caballo como un comanche! Si tenía un caballo que se amansaba demasiado, lo regalaba e iba al llano para capturar un caballo salvaje, pues pensaba que no le convenía a un hombre montar un caballo que no era medio bronco.

He was handsome! And he could play the guitar and sing beautifully. María made up her mind—that was the man for her! She knew just the tricks to win his attention.

Era guapo. Tocaba la guitarra y cantaba bien. Y María se decidió que éste era el hombre con quien se iba a casar. Tenía mañas para ganárselo.

If the ranchero spoke when they met on the pathway, she would turn her head away. When he came to her house in the evening to play his guitar and serenade her, she wouldn't even come to the window. She refused all his costly gifts.

The young man fell for her tricks. "That haughty girl, María!" he said to himself. "I know I can win her heart. I swear I'll marry that girl."

Si el ranchero le hablaba cuando se encontraban en el sendero, María volteaba la cabeza. Si venía por la tarde para tocar su guitarra y darle serenata a María, ella ni siquiera iba a la ventana. Rechazaba los regalos caros que le enviaba.

El joven ranchero cayó en la trampa. Empezó a decirse:—¡Esa orgullosa de María! Yo puedo ganar su corazón. Juro que voy a casarme con esa chica.

And so everything turned out as María planned. Before long, she and the ranchero became engaged and soon they were married.

At first, things were fine. They had two children and they seemed to be a happy family together.

But after a few years, the ranchero went back to the wild life of the prairies. He would leave town and be gone for months at a time. And when he returned home, it was only to visit his children. He seemed to care nothing for the beautiful María. He even talked of setting María aside and marrying a woman of his own weathly class.

Así que todo resultó tal y como María había tramado. Dentro de poco tiempo María y el ranchero se comprometieron y enseguida se casaron.

Al principio todo andaba bien. Tuvieron dos hijos y todo el mundo les tomaba por una familia feliz.

Pero al pasar varios años el ranchero volvió a la vida bárbara del llano. Ya pasaba meses fuera del pueblo, y cuando volvía a casa era solamente para visitar a los hijos. No parecía sentir nada por la bella María. Hasta hablaba de dejar al lado a María para casarse con una mujer rica.

As proud as María was, of course she became very angry with the ranchero. She also began to feel anger toward her children, because he paid attention to them, but just ignored her.

Siendo lo orgullosa que era, claro que María se enojaba mucho con el ranchero. Y también se enojaba con sus hijos, porque el marido les mostraba cariño mientras que a ella la desairaba.

One evening, as María was strolling with her
two children on the shady pathway near the
river, the ranchero came by in a carriage. An
elegant lady sat on the seat beside him. He
stopped and spoke to his children, but he didn't
even look at María. He whipped the horses on
up the street.

---

*Una tarde cuando María se paseaba con sus
hijos por la alameda al lado del río el ranchero
pasó en un coche ligero. Una dama elegante
estaba sentada a su lado. Paró el coche y habló
con los hijos, pero ni siquiera le echó un vistazo
a María. Azotó a los caballos camino adelante.*

When she saw that, a terrible rage filled María, and it all turned against her children. And although it is sad to tell, the story says that in her anger María seized her two children and threw them into the river!

Cuando vio todo eso, una rabia horrible se apoderó de María y todo el enojo se dirigió contra sus hijos. Y aunque da lástima decirlo, se cuenta que María agarró a los dos hijos y los arrojó al río.

But as they disappeared down the stream, she realized what she had done! She ran down the bank of the river, reaching out her arms to them. But they were long gone.

On and on ran María, driven by the fear that filled her heart, until finally she sank to the ground and lay still.

The next morning, a traveler brought word to the villagers that a beautiful woman lay dead on the bank of the river. That is where they found María, and they laid her to rest where she had fallen.

Pero al verlos arrastrados por la corriente, se dio cuenta de lo que había hecho. Echó a correr por la orilla del río alargándoles los brazos. Pero ya quedaron perdidos.

Corrió y corrió María, arreada por el temor que le llenaba el corazón, hasta que se cayó rendida al suelo y quedó quieta.

A la mañana siguiente un viajero vio a una linda mujer muerta tendida en la orilla del río y contó la noticia a los del pueblo. Ahí encontraron a María y la enterraron donde había caído.

But the first night María was in the grave, the villagers heard the sound of crying down by the river. At first they thought it was only the wind they were hearing. But when they listened more carefully, they heard words. "Aaaaiiiii…my children," a voice sobbed pitifully. "Where are my children?"

And they saw a woman walking up and down the bank of the river, dressed in a long white robe, the way they had dressed María for burial.

On many a dark night they saw her walk the river bank. But more often they would hear her cry for her children. And so they no longer spoke of her as María. They called her La Llorona (lah yoh-RROH-nah) —the weeping woman. And by that name she is known to this day.

Pero la primera noche que María estaba en la tumba la gente del pueblo oyó llantos allá cerca del río. Al principio pensaron que era nomás el viento lo que oían. Pero al escuchar mejor oyeron palabras:—Aaaaiiiii…mis hijos—lloraba una voz lastimosa—. ¿Dónde están mis hijos…?

Vieron andar por la orilla del río a una mujer vestida en un manto largo y blanco, como el que habían usado para vestir a María al enterrarla.

Muchas noches oscuras la veían caminar por la orilla del río. Pero eran más las veces que la oían llorar por sus hijos. Y por eso dejaron de llamarle María y le pusieron "La Llorona." Y con este nombre es conocida hasta ahora.

And they still warn the young ones, "When it grows dark, get inside the house. La Llorona may be about, looking for her children. Be careful! She might mistake you for one of her own."

They tell of many children down through the years who have been chased by the crying ghost—and of some who have even been caught!

Y los padres advierten a los niños:—Cuando se oscurece, métanse dentro de la casa, porque La Llorona puede estar por aquí buscando a sus hijos. ¡Tengan cuidado! Puede confundir a cualquier niño con uno de sus propios hijos.

Y se cuenta que muchos niños han sido perseguidos por La Llorona. ¡Y que algunos han sido agarrados!

*I*s the story really true? Who knows? Some claim that it is. Others say that it isn't. But the old ones still tell it to the children, just as they heard it themselves when they were young. And in the same way the children who hear it today will some day tell it to their own children and grandchildren.

¿Será cierta esta historia? ¿Quién sabe? Algunos dicen que sí. Otros dicen que no. Pero los ancianos siguen contándosela a los niños, tal como la oían ellos mismos cuando eran chicos. Y algún día los niños de hoy se la van a contar en la misma forma a sus propios hijos y nietos.

JOE HAYES has become known as "the Southwest's storyteller." This is especially true for the thousands of school children he has entertained with the traditional tales of the region's Hispanic, Native American and Anglo cultures. When he comes to their room, you can hear the kids whispering in anticipation—"Here comes Joe Hayes!"

VICKI TREGO HILL is a freelance artist living in El Paso, Texas. Her work with Cinco Puntos Press is rapidly establishing her reputation as one of the Southwest's finest book illustrators and designers.

OTHER BILINGUAL BOOKS FROM CINCO PUNTOS PRESS:

Watch Out for Clever Women, ¡Cuidado con las mujeres astutas!
by Joe Hayes, illustrated by Vicki Trego Hill
(available with audio cassette).

Tell Me a Cuento, Cuéntame un Story,
by Joe Hayes, illustrated by Vicki Trego Hill
(available with audio cassette).

A Gift from Papá Diego / Un Regalo de Papá Diego,
by Benjamin Alire Sáenz, illustrated by Geronimo Garcia.

EL PASO • TEXAS

For more information, please call us at 1-800-566-9072.